Das Okrakel

Das Okrakel

Krake Paul prophezeit, wie es in Deinem Leben weitergeht

riva

Bibliografische Information der Deutschen Nationalbibliothek:
Die Deutsche Nationalbibliothek verzeichnet diese Publikation in der Deutschen Nationalbibliografie. Detaillierte bibliografische Daten sind im Internet über http://d-nb.de abrufbar.

Für Fragen und Anregungen:
okrakel@rivaverlag.de

1. Auflage 2011

ein Imprint der FinanzBuch Verlag GmbH, München,
Nymphenburger Straße 86
D-80636 München
Tel.: 089 651285-0
Fax: 089 652096

Umschlaggestaltung: Maria Wittek, München
Umschlagabbildung: SEA LIFE Limited
Satz: JournalMedia GmbH, München
Druck: GGP Media GmbH, Pößneck
Printed in Germany

ISBN 978-3-86883-109-2

Vorwort

Krake Paul war der uneingeschränkte Star der Fußballweltmeisterschaft in Südafrika. Nicht Lionel Messi, nicht Cristiano Ronaldo und auch nicht Fernando Torres haben die Weltöffentlichkeit begeistert, sondern die klugen und absolut treffsicheren Voraussagungen eines Tintenfisches aus Oberhausen. Die Spanier, deren WM-Erfolg der Krake vorhergesehen hat, wollten das Tier zum Ehrenbürger machen – andere Nationen, die nach seinen Vorhersagen frühzeitig aus dem Turnier geflogen sind, hätten den Kraken am liebsten auf den Grill gelegt. Kein Medium dieser Welt vermochte derart präzise den Ausgang des wichtigsten Sportereignisses des Jahres vorauszusagen wie das weise Tier in einem Großaquarium im Sea Life Center von Oberhausen.

Kamerateams aus aller Welt richteten im Sommer 2010 ihre Objektive auf Paul, wenn er sich zu seinen Spielweissagungen aufmachte. Ruhig und entspannt näherte Paul sich den Kisten mit den Flaggen der WM-Kontrahenten, ging noch einmal in sich, um dann die alles entscheidende Frage zu beantworten. Nur Paul konnte wissen, wer bei der WM scheitern und wer triumphieren wird. Die Journalisten starrten mit weit aufgerissenen Augen auf das Urteil von Krake Paul. Hektisch und aufgeregt wurden seine Prophezeiungen in Sekundenschnelle an die TV-Sender und Nachrichtenagenturen aller Kontinente übermittelt. Nicht Hollywood-Stars oder die große Weltpolitik machten zu jener Zeit Schlagzeilen – die Titelseiten gehörten allein diesem ruhigen, freundlichen Meerestier aus Oberhausen.

Wer sich an die Fußballtipps von Paul gehalten hätte, wäre bei Sportwetten zu einem reichen Menschen geworden. Tag für Tag warteten unzählige Fußballanhänger weltweit auf die Spielausgänge, die Paul ihnen vorausgesagt hat. Die einen versetzte Paul in grellen Jubel, andere ließ er verstört und verzweifelt zurück. Die Fußballspiele, die bis dahin davon gelebt haben, dass keiner wusste, wie sie ausgehen würden, hätten für Millionen enttäuschter Anhänger gar nicht erst angepfiffen werden müssen.

Um die geheimnisvollen Meerestiere ranken sich seit Jahrhunderten die unheimlichsten Mythen und Legenden. Schon Homer wusste in seiner Odyssee im 7. Jahrhundert vor Christus von Skylla und Charybdis zu berichten, die gierig Schiffe und Seeleute in die Tiefe rissen, um sie zu verschlingen. Seefahrer-Erzählungen beschwören seit Generationen die todbringenden Gefahren, die von Riesenkalmaren ausgehen. Der Krake Paul aus Oberhausen indes zog die Aufmerksamkeit der Weltöffentlichkeit durch seine prophetischen Kräfte auf sich. Nicht Tod und Verderben zeichnen den Weg dieses Naturwunders, sondern sein Wissen und seine einzigartige Hellsicht.

Paul, der am 26. Januar 2008 im Atlantischen Ozean bei Weymouth Dorset geboren wurde, ist zum wichtigsten Orakel der Welt aufgestiegen. Paul kann nach Belieben seine Körperfarbe wechseln, er weiß seine acht Arme geschickt einzusetzen, Paul und seine Artgenossen verfügen über ein Sehvermögen, das dem der Menschen nahekommt, und Kraken gehören zu den intelligentesten Lebewesen des Planeten. Nur eines scheint Paul allen anderen Kraken dieser Welt vorauszuhaben: Er weiß die Zukunft zu lesen. Menschen aller Schichten hören gebannt auf die Weissagungen, die von Oberhausen aus in die Öffentlichkeit dringen. Was Paul in der Zukunft sieht, trifft zu fast 100-prozentiger Wahrscheinlichkeit auch zu.

Seit Jahrtausenden suchen die Menschen nach Antworten, die ihre Zukunft erträglicher und vorhersehbarer machen. Die Prophezeiungen des großen Nostradamus setzen die Welt seit rund 500 Jahren in Angst und Schrecken. Kriege, Seuchen, Naturkatastrophen – die fürchterlichsten Voraussagungen der vergangenen Jahrhunderte haben bisweilen eine erschreckende Bestätigung gefunden. Der Mensch ist fasziniert von dem Gedanken, sein eigenes Schicksal zu erahnen. Er glaubt und hofft, sich durch die Prophezeiungen außergewöhnlicher Menschen besser vor dem großen Unbekannten schützen zu können. Der neue Hoffnungsträger heißt nun Krake Paul. Er kümmert sich nicht nur um das große Ganze – das kluge Tier hat vielmehr ein Ohr für jeden Menschen. Und: Der hellsichtige Krake weiß jedem Einzelnen bei seinen Lebensfragen zu helfen.

Was Krake Paul in seinem stillen Wesen bislang an Wissen verborgen hielt, macht er nun der Menschheit zugänglich. Krake Paul wird zum Orakel – Krake Paul ist das Okrakel.

Wie funktioniert das Okrakel?

Für das Okrakel ist kein intensives Studium nötig. Du brauchst nicht auf Mondphasen, Wasseradern im Boden oder geheimnisvolle Rauchzeichen zu achten. Ebenso wenig benötigst Du Ruten, Runen oder Karten für das Okrakel. Alles, was du brauchst, sind ein paar Minuten Zeit und den Glauben an die Kraft des Okrakels.

Schaffe Dir eine ruhige, entspannte Atmosphäre und suche Dir eine Frage aus dem Buch aus. Danach schließt Du das Buch wieder und konzentrierst Dich allein auf das Okrakel. Verinnerliche die Frage und schließe Deine Augen. Nun fahre mit der Hand über das Buchcover und drehe an der Scheibe.

Das Okrakel wird auf einem Symbol stehen bleiben. Schlage nun Deine Frage erneut auf und suche die dazugehörige Antwort, die Dir das Okrakel gegeben hat.

Du solltest nicht immer erwarten, dass Dir jede Antwort des Okrakels auf Anhieb sinnvoll erscheint. Manchmal wirst Du etwas Zeit brauchen, um die Weisheiten des Okrakels vollständig zu verstehen.

Das Okrakel ist nicht für den Lauf Deines Lebens verantwortlich. Was in Deinem Leben geschieht und was Du daraus machst, liegt alleine in Deiner Hand. Das Okrakel wird Dir Denkanstöße geben, die Dein Leben tatsächlich nachhaltig verändern und bereichern können. Das Okrakel selbst wird Dein Leben allerdings nicht steuern. Es liegt nun an Dir, ob das Okrakel Dir eine Orientierung geben kann. Dann hat es seine Aufgabe erfüllt.

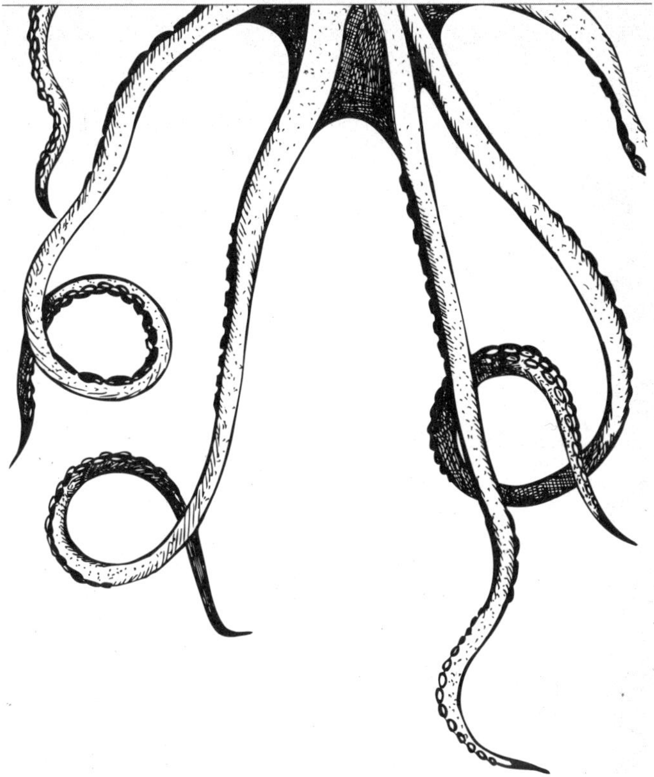

Die Fragen

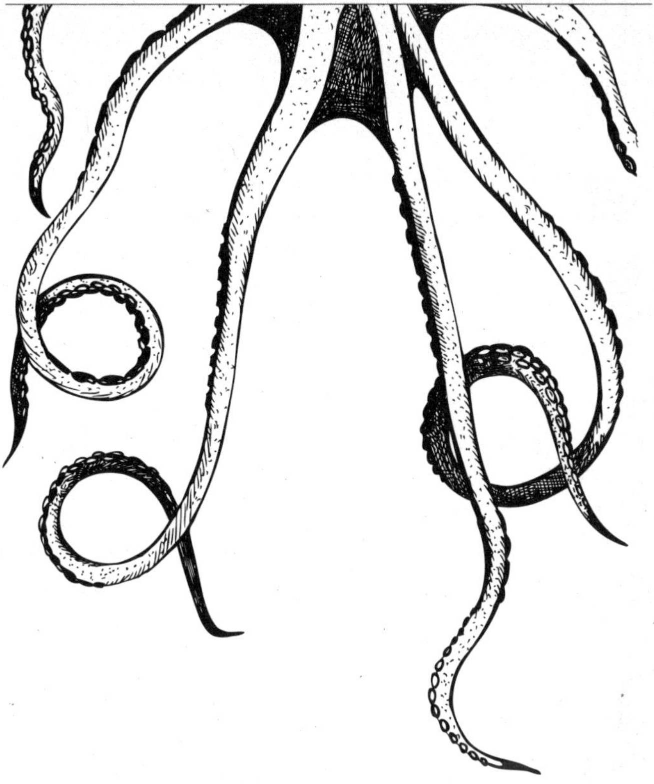

Das Okrakel

Werde ich meine große Liebe finden?

Keine Schneeflocke fällt jemals auf den falschen Platz. Also wirst auch Du zur rechten Zeit am rechten Ort sein.

Auf das Glück warten ist wie auf den Tod warten. Also lebe einfach!

Jedes Ziel ist erreichbar, manchmal muss man es aber etwas zurückstecken. Also lass Dich überraschen, wer Dir noch begegnen wird.

Hast Du es eilig, so mache einen Umweg. Am Ende führt er Dich vielleicht ans Ziel. Die erste Liebe muss nicht die große Liebe sein. Sammle Deine Erfahrungen und sie wird bestimmt kommen.

Werde ich heiraten?

Es sollte nicht Deine Sorge, dass man Dich nicht kennt, sondern dass Du es wert bist, gekannt zu werden. Achte demnach nicht darauf, wie viele Erfahrungen Du machst, sondern wie viel gute.

Wenn Du einen würdigen Partner findest, dann versuche ihn auch zu halten. Von allen anderen solltest Du Dich trennen.

Was im Ton übereinstimmt, schwingt miteinander. Was im innersten Wesen zusammengehört, das sucht einander. Die Hoffnung bleibt also.

Nur der Einsame muss keinen Streit befürchten. Ob er damit aber glücklich wird, bleibt leider fraglich.

Werde ich Kinder haben?

Wer noch selbst ein Kind ist, sollte nicht selbst Kinder zeugen. Aber es ist auch für Dich noch nicht zu spät.

Kinder sind der Urquell aller Kraft, Freude und der Liebe. Dieses Glück solltest Du Dir nicht verwehren.

Wer beim Säen träge ist, wird bei der Ernte neidisch sein. Also sei schon heute Nacht ein fleißiger Liebhaber.

Kinder sind das Ende jeder glücklichen Partnerschaft. Hüte Dich oder verhüte!

Werde ich das Glück finden?

Auch eine lange Reise von tausend Kilometern fängt mit dem ersten Schritt an. Mache ihn und Du wirst finden, was Du suchst.

Suche Dein eigenes Glück in Dir selbst. Nur wer mit sich im Reinen ist, ist glücklich.

Es genügt einfach nicht, zum Fluss zu gehen mit dem Wunsch, Fische zu fangen, Du musst auch Dein Netz mitnehmen. Nimm Dein Netz und werfe es aus, Du wirst erstaunt sein, was Du damit fangen kannst.

Wenn Du tief in einem Loch sitzt, solltest Du als Erstes mit dem Graben aufhören. Alles wird sich zusammenfügen, verzweifle nicht und glaube daran.

Bin ich Jemandem wichtig?

Vernachlässige Dich nicht, nur weil Du Dich um Deinen Partner kümmerst. Sei Dir selber auch wichtig.

Auch die dunkelste Wolke hat einen hellen Rand.
Schau in den Himmel und siehe da,
Wolken sind selten alleine dort oben.

Ein edler Mensch kann nie sein liebevolles
Herz verlieren. Und genau dafür wirst Du
von jemandem geachtet.

Liebe und Freundlichkeit sind die besten Gewürze.
Trage diese stets mit Dir und Du wirst überrascht sein,
was passieren wird.

Liebt er/sie mich?

Für verliebte Blicke ist eine Narbe ein Lachgrübchen. Sieh mit Deinem Herzen und Du wirst die Antwort finden.

Der Zweifel ist das Wartezimmer der Erkenntnis. Zweifle nicht zu viel und Du wirst am Ende belohnt werden.

Warte nicht auf das große Wunder, sonst verpasst Du die vielen kleinen! Alles kann sich entwickeln, Liebe braucht ihre Zeit.

Liebe ohne Gegenliebe ist wie eine Frage ohne Antwort. Stelle die richtigen Fragen.

Werde ich ihre/seine Liebe gewinnen?

An einem ruhigen Fluss ist das Ufer voller Blumen. Pflücke sie und Du erhältst einen wunderbaren Strauß, der große Gefühle erzeugen wird.

Sorge Dich nicht um Deine Ernte, sorge Dich um die richtige Bestellung Deiner Felder. Nur mit guter Vorarbeit ist eine gute Ernte möglich – bestelle Dein Feld, und zwar am besten heute noch.

Versuche, den zu kriegen, den Du liebst – sonst bist Du gezwungen, den zu lieben, den Du kriegst!

Der Mensch bringt jeden Tag sein Haar in Ordnung, nicht aber sein Herz. Finde heraus, was Dein Herz braucht, und prüfe, ob Du dies auch bei Deiner großen Liebe bekommen kannst.

Soll ich mich von meinem Partner trennen?

Verwandle große Schwierigkeiten in kleinere und diese dann in gar keine. Und schon ist Dir die Antwort gegeben.

Sobald der Mensch in Zorn gerät, macht er Irrtümer. Finde Deine innere Mitte und denke in Ruhe über diese Frage nach.

Wer neu anfangen will, soll es jetzt tun, denn eine überwundene Schwierigkeit umgeht viele neue. Arbeite daran, es kann nur besser werden. Sonst droht der berühmte Schrecken ohne Ende ...

Bevor Du anfängst, die Welt zu verändern, kehre erst vor Deiner eigenen Tür. Überdenke Deine Taten und lass Dir Zeit mit Deinem Urteil. Vielleicht bist Du derjenige, der an sich arbeiten sollte.

Werde ich ihn/sie Je wiedersehen?

Auch mit einem kleinen Haken kann man große Fische fangen. Wirf Deine Angel aus und schau, wer anbeißt.

Wer schnell verspricht, der schnell vergisst. Sei auf der Hut, ein angekündigtes zweites Treffen ist häufig ein leeres Versprechen.

Vergeude Deine Zeit nicht mit Träumereien. Geh hinaus in die Welt und blicke Dich um. Vielleicht triffst Du einen anderen, noch wertvolleren Menschen.

Geduld ist eine hohe Kunst. Aber manchmal kann man auch so lange warten, bis es vielleicht zu spät ist.

Passen mein Partner und ich zusammen?

Gegensätze ziehen sich an. Suche also nicht zu viele Gemeinsamkeiten – sonst wirst Du am Ende eine große Enttäuschung erleben.

Fürchte Dich nicht vor langsamen Veränderungen, fürchte Dich vor dem Stillstand. Denn der bedeutet das Ende jeder Beziehung.

Das große Ganze geht verloren, wenn man sich immer nur um Kleinigkeiten zankt. Springe einfach mal über Deinen eigenen Schatten – in einer Beziehung muss jeder Kompromisse eingehen.

Deine Frage offenbart Deine Zweifel. Demnach hast Du bereits die Antwort. Nun musst Du nur noch handeln.

Wie viele Partner werde ich noch haben?

Jeder Partner macht Dich etwas klüger. Zähle nicht, sondern lerne daraus.

Ist die Zahl Deiner Partner wichtig oder die Qualität Deiner Partnerschaft? Wenn Du den richtigen Partner gefunden hast, brauchst Du Dir über diese Frage keine Gedanken mehr machen.

Du wirst so viele Partner haben, wie Du brauchst, um den richtigen zu finden. Fange also an zu suchen oder wende Dich demjenigen an Deiner Seite zu.

Mit einem Lächeln auf den Lippen erreicht man alles. Gehe lachend durch die Welt und Du bekommst, was Du willst und suchst.

Bin ich gut im Bett?

Guter Sex ist nicht einseitig. Du kannst nur so gut sein, wie Dein Partner es zulässt. Prüfe, ob Dir das genügt.

Gab es denn schon Beschwerden? Dann überlege Dir, ob es an Dir selbst, an Deinem Partner oder an Euren übertriebenen Erwartungen liegen könnte.

Wer die Wahrheit sucht, darf nicht erschrecken, wenn er sie findet. Prüfe also, ob Du dieser Frage wirklich nachgehen willst.

Frage Dich, ob Du ein guter Partner bist. Denn eine gute Beziehung findet nicht nur im Bett statt.

Geht mein Partner fremd?

Es gibt drei Wahrheiten. Deine Wahrheit,
die Wahrheit Deines Partners und die Wahrheit.
Die Lösung liegt in der Mitte,
versuche diese zu ergründen.

Du hast fremde Gerüche wahrgenommen?
Dein Partner hat seine Gewohnheiten geändert
und er ist häufig abwesend, auch wenn er bei Dir ist?
Dann kennst Du die Antwort schon.

Eifersucht ist der Schlüssel vieler Probleme.
Vertraue, solange es keine Anzeichen für Seitensprünge
Deines Partners gibt, und er wird
keinen Anlass haben fremdzugehen.

Bist Du selbst treu? Nein?
Daher also Deine Zweifel ...

Werde ich mich noch einmal neu verlieben?

Nur wer sein eigenes Ziel kennt, der findet seinen Weg. Lass es auf Dich zukommen und lass Dir Zeit dabei.

Der Baum kann sich nicht aussuchen, welcher Vogel auf ihm landet. Glaube an die Liebe und der richtige Vogel kommt bestimmt eines Tages vorbeigeflogen.

Wohin Du auch gehst, gehe mit Deinem ganzen Herzen. Halte die Augen offen, denn man weiß nie, was passieren kann.

Wenn man lange genug wartet, wird es das schönste Wetter. Aber warte nicht zu lange, gutes Wetter ist auch nicht schlecht.

Werden mein Partner und ich zusammen alt?

Liebe, Respekt und Toleranz sind die Grundlagen einer langen Beziehung. Hinterfrage Dich selbst, ob Du diese Eigenschaften besitzt.

Wut und Verletzungen bleiben länger in Erinnerung als Freude und Lob. Achte also immer darauf, dass Dein Partner keine Enttäuschungen mit sich trägt.

Nur mit den Augen des anderen kann man seine eigenen Fehler erkennen. Deshalb suche stets den Blickwinkel Deiner Lieben.

Nur die Gegensätze halten eine gute Beziehung am Leben. Das bedeutet allerdings nicht, dass man gegeneinander sein muss.

Habe ich den richtigen Partner an meiner Seite?

Die Augen eines Menschen sagen mehr, als er je mit Worten ausdrücken könnte. Schaue Deinen Partner genau an und Du wirst die richtige Antwort finden.

Was Dein Partner sagt, ist die eine Wahrheit. Was er tut, allerdings die ganze. Achte also auf die unausgesprochenen, gelebten Taten.

Frage nicht, ob Du den richtigen Partner an Deiner Seite hast, sondern frage Dich, ob Du der richtige Partner bist.

Zwischen den Gedachten und den Gemachten darf kein Haar passen. Findest Du eine Lücke, weißt Du, was Du zu tun hast.

Werde ich ein gutes Verhältnis zu meinen Kindern haben?

Wenn Du es bis jetzt geschafft hast, gibt es wenig Gründe, dass sich das noch einmal ändern wird.

Wenn Du Deinen Kindern Vorbild, Freund und Partner sein kannst, werden sie Dich immer hoch achten und lieben.

Erwarte von Deinen Kindern nicht, was Du ihnen in der Vergangenheit nicht geben konntest.

Wenn Du Deine Elternrolle nur auf die Erziehung Deiner Kinder beschränkt hast, werden sie sich schon bald von Dir lösen. Warst Du ihnen auch ein Freund, werden sie Dich nie verlassen.

Werde ich irgendwann an dem Ort meiner Träume leben können?

Ein Frosch in einem Brunnen sieht die Welt nur durch einen engen Kreis. Finde diesen Ort zunächst, indem Du Deinen Horizont erweiterst, dann wirst Du Deinen Traum auch leben können.

Ein fauler Mensch wird nur in seinen Träumen reich werden. Alle anderen können es mit ihrer Klugheit und einem eisernen Willen schaffen.

Versuche zunächst glücklich zu werden, wo Du jetzt bist. Und dann erst frage Dich, wohin Du überhaupt gehen möchtest.

Wenn Du glücklich bist, wirst Du es überall sein. Wenn nicht, wird Dir kein Ort dieser Welt helfen können.

Werden sich meine Kinder später, wenn ich alt bin, um mich kümmern?

Was tust Du für Deine Familie? Nur das, was Du selbst gibst, kannst Du auch zurückbekommen.

Wenn Dich diese Frage umtreibt, bist Du vielleicht schon jetzt auf die Hilfe anderer angewiesen – ohne es zu bemerken. Achte also ganz genau auf Deine Selbstständigkeit.

Der Hund, den man schlägt, beißt vielleicht eines Tages zurück. Du wirst nur das von Deinen Kindern erwarten können, was Du ihnen gegeben hast. Wenn dies Liebe, Güte und Vertrauen war, darfst Du ruhig und gelassen in die Zukunft blicken.

Folgt man dem Zeitgeist, werden sie es vermutlich nicht tun. Es liegt also ganz allein an Dir, welche Vorsorge Du für Dein Alter triffst.

Mache ich meinen Partner glücklich?

Du trägst nicht nur Verantwortung für das, was Du tust, sondern auch für all die Dinge, die Du nicht tust. Sorge Dich also um die unerledigten Taten, denn sie spenden die größere Freude.

Wenn Du selbst ein glückliches Leben führst, werden es auch die Menschen um Dich herum können. Aber Glück ist mehr Geben als nur Nehmen.

Wenn Dein persönliches Glück nicht über allem steht, wirst Du andere Menschen glücklich machen. Dafür musst Du allerdings auch einmal verzichten können.

Du musst Dich um die Wurzeln eurer Liebe kümmern, nicht um die Blüten. Die Blüten können immer wieder welken, der Stamm aber bleibt stehen. Wann also hast Du zuletzt am Fundament Eurer Beziehung gearbeitet?

Was kann ich tun, um meine Partnerschaft zu verbessern?

Die Frage müsste vielmehr lauten, was Ihr beide zusammen tun könnt. Sprecht darüber und macht schon heute den ersten Schritt.

Erkenne die schönen Seiten und Du siehst auch die hässlichen. Und die gilt es durch Liebe und gegenseitiges Verstehen zu beseitigen.

Weißt Du überhaupt, was eine gute Partnerschaft ist? Kennst Du eine? Denke nach, und wenn Du die Antwort gefunden hast: Sieh zu, was Du selbst davon umsetzen kannst.

Manchmal glaubt man, bereits alles versucht zu haben. Gehe in Dich und überlege, ob es noch eine Lösung für Dich und Deinen Partner geben könnte.

Wie finde ich einen Partner?

Wer einen Partner sucht, wird wohl kaum einen finden. Vielleicht sitzt er schon neben Dir – und Ihr wisst es beide noch nicht.

Nicht, indem Du alleine zu Hause sitzt und eine weise Krake befragst. Geh hinaus, öffne Dein Herz und Deine Augen und Du wirst schon bald die Antwort selbst gefunden haben.

Hast Du eine feste Vorstellung von dem Menschen, den Du suchst? Ja? Dann lösche diese Gedanken jetzt sofort aus. Und dann wirst Du Deinen Traumpartner schnell finden.

Hast Du eine feste Vorstellung von dem Menschen, der Du sein möchtest? Lösche auch diese Bilder auf der Stelle und sei ganz einfach Du selbst. Nur dann wirst Du auch gesehen.

Werde ich bald befördert?

Hättest Du es denn überhaupt verdient? Wenn Du diese Frage ehrlich bejahen kannst, dann gehe bei der nächsten Gelegenheit zu Deinem Vorgesetzten und sprich mit ihm darüber.

Erlaubt die wirtschaftliche Situation Deines Arbeitgebers einen solchen Schritt? Wenn nicht, könntest Du in gefährliches Sperrfeuer laufen.

Willst Du den Titel oder nur das Geld? Oder beides? Werde Dir zunächst klar, um was es Dir eigentlich geht – nur dann kannst Du Deine Argumente auch überzeugend vermitteln.

Eine chinesische Weisheit besagt, dass derjenige, der verzichtet, am Ende doch gewinnt. Wenn es Dir nicht um den kurzfristigen Erfolg geht, dann übe Dich in Geduld.

Schaffe ich die Prüfungen, die mir noch bevorstehen?

Die schulischen, akademischen oder beruflichen Prüfungen schaffst Du ganz bestimmt – wenn Du Dich darauf vorbereitet hast. Denn vor den Erfolg haben die Götter den Schweiß gesetzt.

Für die Prüfungen des Lebens gibt es keinen festen Lehrplan. Und sie werden nur selten vorher angekündigt. Das Wissen hierfür steckt in Deinem Kopf. Und in Deinem Herzen. Dort holst Du die Kraft, um am Ende auch bestehen zu können.

Der Fluss ist nicht schuld, wenn man ins Wasser fällt. Und die Prüfung trägt keine Verantwortung für Dein Versagen. Du darfst nicht auf Wunder hoffen und darüber die Arbeit vergessen, denn: Alles liegt am Ende in Deiner Hand.

Glück ist nicht das Gegenteil von Unglück. Es beruht vielmehr auf seinem Widersacher. Wenn Du heute nicht bestehst, wirst Du morgen sicher stärker sein.

Wann ist ein günstiger Zeitpunkt für eine berufliche Veränderung?

Bist Du überhaupt in der Lage, eine berufliche Veränderung anzunehmen? Es droht immer die Gefahr, dass Du Deinen neuen Aufgaben nicht gewachsen bist.

Wenn es Dein Lebensplan zulässt. Berufliche Veränderung bedingt oft auch eine räumliche. Willst Du das alles hinter Dir lassen?

Eine berufliche Veränderung ist in der Regel mit einem Aufstieg verbunden. Willst Du Dein bis dahin einigermaßen geordnetes Leben aufgeben, um noch mehr Zeit und Gedanken in Deinen Job zu investieren?

Ein beruflicher Aufstieg zieht immer Neid nach sich. Du musst für Dich selbst entscheiden, ob Du mit diesem Druck umgehen kannst.

Habe ich den richtigen Beruf gelernt?

Stehst Du jeden Morgen mit einem Lächeln
im Gesicht auf und freust Dich auf Deine Aufgaben,
die Dein Job mit sich bringt?
Dann kennst Du meine Antwort.

Wenn Du nur haderst, weil Du vielleicht nicht
so viel Geld verdienst, wie Du gerne würdest,
ansonsten aber glücklich mit Deinem Job bist,
dann frage Dich, ob Geld tatsächlich alles ist.

Ein Job kann auch krank machen.
Wenn Du hierfür die ersten Anzeichen erkennen kannst,
musst Du dringend Hilfe suchen.

Du hast vielleicht den richtigen Beruf,
aber möglicherweise den falschen Job.
Dann gibt es nur eine Lösung: Suche die Veränderung.

Was denkt mein Chef von mir?

Hat das irgendetwas zu bedeuten? Du solltest Dir Gedanken darüber machen, was Deine Freunde über Dich denken.

Frag ihn ganz einfach. Nur er kann Dir am Ende sagen, was er wirklich über Dich denkt. Und überlege Dir auch, was Du auf seine Gegenfrage antwortest, denn auch Vorgesetzte wüssten gerne einmal, welche Meinung man von ihm hat.

Wenn Du Dir die Antwort selbst geben kannst, dann musst Du weder ihn noch mich befragen. Und fällt diese Antwort negativ aus, dann liegt es an Dir, etwas daran zu ändern.

Wenn Du die Wahrheit suchst, darfst Du nicht erschrecken, wenn Du sie auch findest. Sei also stark und gewappnet, denn so ein Gespräch mit dem Vorgesetzten kann auch wehtun.

Was kann ich tun, um das Verhältnis zu meinen Arbeitskollegen zu verbessern?

Vernachlässige nicht Dein eigenes Feld, um den Acker eines anderen zu pflügen. Kümmere Dich gewissenhaft um Deine Aufgaben und alle werden Dich lieben.

Ist das Verhältnis schlecht, solltest Du Dich fragen, an wem es liegt. Bist Du das Problem, dann gilt es, die eigenen Schwächen zu erkennen und zu beseitigen. Sind die anderen die Bösen, dann spare Dir Deine zwischenmenschlichen Bemühungen und konzentriere Dich einfach nur auf Deine Arbeit.

Suchst Du Arbeitskollegen oder neue Freunde? Der Mensch in Deinem Büro muss nicht Dein Freund sein. Ihr müsst euch nur gegenseitig respektieren, dann habt Ihr auch ein gutes Arbeitsverhältnis.

Gute Gedanken sind der Grundstein für gute Taten. Wie in einer Beziehung auch, muss man an dem Verhältnis zu seinen Arbeitskollegen täglich arbeiten.

Wie kann ich mich besser durchsetzen?

Gereicht es Dir an Kompetenz?
Dann wirst Du Dich am Ende auch durchsetzen.
Und zwar ganz ohne Kampf.

Eine chinesische Weisheit besagt: Wenn Du einen Riesen vor Dir hast, dann prüfe zunächst den Stand der Sonne. Und Du wirst erkennen, dass der Riese vielleicht nur der Schatten eines Zwerges ist.
Gegen wen musst Du Dich jetzt noch durchsetzen?

Ruhe ist ein Zeichen für Stärke – nur der Schwache wird laut. Sprich mit leiser Stimme, wirble keinen unnötigen Staub auf und erledige Deine Aufgaben perfekt. Und alle werden auf Dich hören.

Du kannst klug handeln, raffiniert oder hinterhältig. Am Ende aber setzt sich immer die Klugheit durch. Auch, wenn es lange Zeit nicht danach aussieht.

Werde ich Karriere machen?

Nicht um der Karriere willen. Nur, wenn Du auch etwas Besonderes zu bieten hast.

Suchst Du den schnellen oder den nachhaltigen Erfolg? Das eine schließt das andere häufig aus. Deshalb sei geduldig und baue auf Deine Stärken.

Ein guter Vorgesetzter wird von seinen Mitarbeitern verehrt – ein schlechter indes nur verlacht. Wenn Du tatsächlich einen Aufstieg im Sinn hast, dann sieh zu, dass Du die Mittel mitbringst, einmal verehrt zu werden.

Der arme, zufriedene Mensch ist glücklich, der reiche unzufriedene jedoch nicht. Überprüfe für Dich selbst, ob Dich Deine Karriere auch wirklich glücklich machen würde.

Werde ich meinen TraumJob finden?

Du wirst ihn immer dann finden, wenn Du in dem, was Du tust, auch wirklich glücklich und gut bist.

Du kannst ihn finden, aber Du kannst es nicht erzwingen. Entweder entwickelt sich Dein Job fast nebenbei zu einem Traum oder gar nicht. Die Vorzeichen hierfür kannst Du früh genug erkennen, wenn Dich Dein Ehrgeiz nicht vorher blind gemacht hat.

Willst Du Deine Träume im Beruf oder vielleicht doch lieber privat leben? Das eine passt häufig nicht zu dem anderen.

Es gibt Menschen, die tatsächlich Fische fangen, und andere, die leider nur das Wasser trüben. Frage Dich selbst, zu welchen Du gehören magst, und Du wirst die Antwort ganz alleine finden.

Soll ich investieren?

In Deine Freundschaften unbedingt.
Alles andere ist zu vergänglich.

Warum nicht, aber höre dabei nicht auf die
Experten, sondern allein auf
Deinen gesunden Menschenverstand.

Investiere, aber wenn Du verlierst, dann verliere
nie Deinen Verstand. Achte genau auf Deine Fehler und
lösche sie aus. Nur dann kannst Du gewinnen.

Du solltest mit deinem Geld produzieren,
nicht nur investieren. Denn dann kommt genau
das heraus, was Du selbst geleistet hast.

Bringe ich es zum Millionär?

Ein Tag im Leben ist wertvoller als ein Berg Geld.
Frage Dich selbst, was Dir wichtiger ist.

Nicht ohne eine besondere Fähigkeit.
Hast Du diese? Dann bring sie schnell ins Spiel.

Bringst Du es zum Milliardär?
Deine Ziele sollten nicht zu tief angesiedelt sein.

Überlege Dir, wie viel Du brauchst, um glücklich
zu sein. Vielleicht bist Du schon ein Millionär,
wenn auch nur als Mensch.

Sollte ich Lotto spielen?

Wenn Du mit dem Geld, das Du verspielst, arbeitest, wirst Du vermutlich weiter kommen.

Du kannst auch Roulette spielen. Oder ein Vermögen in einarmige Banditen investieren. Glück haben dabei allein die anderen.

Du kannst spielen, so viel Du möchtest. Aber betrachte es als Spiel. Mach nicht den Fehler und baue auf einen Gewinn. Denn der ist viel zu unwahrscheinlich.

Ja! Und zwar mit den Zahlen 4, 17, 24, 25, 33 und 48. Den Hauptgewinn kannst Du für Dich allein behalten – mir bedeutet Geld im Grunde nichts.

Wie angle ich mir einen wohlhabenden Partner?

Wenn Du Deinen Ehrgeiz darauf verwendest, selbst geangelt zu werden, weil Du aus Gründen, die nichts mit Geld zu tun haben, attraktiv bist, wirst Du es viel weiter bringen.

Angle Dir einen guten Partner und Du wirst deutlich glücklicher. Und wer weiß, vielleicht sitzt er gerade neben Dir …

Du solltest mit der Güte eines Menschen befreundet sein, nicht mit seinen Gütern. Darüber solltest Du noch einmal eingehend nachdenken.

Ein chinesisches Sprichwort besagt, dass die Biene kein Tiger ist, obwohl sie einen gestreiften Rücken hat. Sieh Dir also die Menschen hinter all ihrem Schein ganz genau an. Und dann triff Deine Entscheidung.

Kann ich meinem Partner in Geldangelegenheiten vertrauen?

Wenn Du ihm auch in allen anderen Angelegenheiten trauen kannst, dann sicher ja. Das allerdings solltest Du nun gut prüfen.

Kann Dein Partner Dir in diesen Dingen denn trauen? Misstrauen erwächst zumeist auf der Erkenntnis, dass man selbst nicht anständig genug ist.

Beim Geld hört die Freundschaft auf, heißt es. Sieh zu, dass es bei Dir nicht so ist und Du wirst deinem Partner Dein Leben anvertrauen können.

Nein, das kannst Du nicht. Und wenn Du genau in Dich hineinhörst, dann wusstest Du diese Antwort schon. Und vor allem, warum das so ist.

Kann ich meinem Steuerberater vertrauen?

Macht der Papst in den Wald?

Läuft mein Ferrari auch mit Diesel?

Können Frauen einparken?

Ist die Erde eine Scheibe?

Wird mein Bundesligaclub den Meistertitel holen?

Was ist Dir wichtiger? Der Titel selbst oder der Kampf und die Spannung um das Erreichen dieses Zieles?

Was ist wichtiger? Dass Dein Club die Meisterschale holt oder ein anderer auf keinen Fall?

Wenn Du ein Fan des FC Bayern München bist, dann holt Dein Club unter normalen Umständen den Titel.

Hoffnung ist wie Zucker im Tee. Er vergeht, aber er macht ihn wunderbar süß. Glaube an Dein Team, an den Trainer und die Kraft der Anhänger!

Wird Deutschland bei der nächsten WM den Titel gewinnen?

Nur, wenn Spanien eine schwere Gruppe erwischt und vorzeitig ausscheidet.

Nein! Dem Gesetz der Serie zufolge kann es erst 2022 klappen. 2006 und 2010 Rang drei, 2014 und 2018 wird Deutschland Vize-Weltmeister und vier Jahre später reckt der alternde DFB-Kapitän Toni Kroos den Pokal in die Höhe. Garantiert!

Führen wir mal die Mannschaften auf, die es garantiert nicht schaffen können: England, Frankreich, Italien und die Schweiz. Bleiben mutmaßlich Spanien, Argentinien, Brasilien und Deutschland. Die Chancen stehen also 1:4!

Ja, durch das einzige Turniertor von Mario Gomez, der beim Stand von 0:0 in der 85. Minute als einziger verbliebener Stürmer eingewechselt wird. Darauf wetten würde allerdings nicht einmal ich!

Wird Deutschland 2012 Europameister?

Nein! Da bei einer EM weniger zweitklassige Mannschaften mitspielen wie bei einer WM, wird Deutschland nicht das Losglück haben, worauf das Land sonst immer bauen kann.

Ja, allerdings nur, wenn der Bundestrainer die Herren Klose, Podolski und Gomez bis dahin ausgemustert hat.

Führen wir die Mannschaften auf, die es sicher nicht schaffen: England, Frankreich, Italien und die Schweiz. Bleiben Holland oder Griechenland. Die Chancen liegen also bei 100 Prozent.

Nein, weil der Bundestrainer in der 85. Minute Mario Gomez einwechselt. Der macht zwar auch den Siegtreffer, allerdings mit einem Eigentor für die gegnerische Mannschaft.

Werde ich ein neuer Fußball-Gott?

Wenn Du vor dem Jahr 2000 geboren wurdest, und bis jetzt nicht auf einem Sichtungslehrgang eines Bundesligisten vorgespielt hast, wird es schwierig.

Nicht, solange Lionel Messi noch aktiv ist.

Nicht, solange Du Bücher liest, während Du auf dem Platz hart trainieren könntest.

Die Kraft der Muskeln ist begrenzt, die des Geistes jedoch nicht. Glaube an Dich und arbeite hart, denn Götter werden nicht geboren – sie werden gemacht.

Wen sollte ich zum nächsten WM-Finale mitnehmen?

Unbedingt jemanden, der sich einen Flug nach Brasilien leisten kann und keine Angst vor dem Fliegen hat.

Einen Menschen, der damit leben kann, dass Deutschland 2014 nur den Vize-Weltmeistertitel holen wird.

Nimm einen Menschen mit, der diese Einladung nie vergessen wird, weil er es selbst nie dorthin geschafft hätte.

Wenn Du zwei Final-Tickets hast, verkaufe die zweite Karte und fahre alleine zu dem Spiel. Wenn nicht, nimm einen Menschen mit, der schweigen und genießen kann. 90 Minuten Dauermonolog können Dir die gesamte Freude rauben.

Wie wird das nächste Spiel meines Lieblingsclubs ausgehen?

Ich weiß, was Du von mir hören möchtest: Dass es gut ausgehen wird. Aber was ist ein guter Ausgang? Ein Sieg? Ein Unentschieden? Keine bösen Fouls? Keine schlimmen Zwischenfälle auf der Tribüne? Eine Niederlage und die überfällige Entlassung des Trainers? Weißt Du, was Du Dir wünschst?

Das Spiel Deines Teams ist immer auch von der Stärke seines Gegners abhängig. Deine Mannschaft wird sich den Umständen entsprechend sehr gut schlagen.

Dein Team wird gewinnen. Aber nicht alle in dieser Elf werden einen Sieg davontragen. Für manche auf der Ersatzbank wird dieses Spiel eine persönliche Niederlage bedeuten.

Dein Team wird gewinnen, aber nur moralisch. Es hat ehrlicher, besser und fairer gespielt, aber gewinnen werden leider die, die diese Tugenden dummerweise vernachlässigt haben.

Welche Sportart sollte ich ernsthaft betreiben?

Wenn Du mit Deinem Sport reich werden möchtest, solltest Du Golf, Tennis, Fußball, Baseball oder Basketball in Betracht ziehen. Bist Du allerdings deutlich vor dem Jahr 2000 geboren, erübrigt sich diese Frage für Dich.

Wenn Du eher der Typ bist, der sich gerne hinter den anderen versteckt, dann wähle eine Mannschaftssportart. Wenn Du Dich am liebsten auf Dich selbst verlässt, dann konzentriere Dich auf einen Individualsport.

Freizeitsport sollte in erster Linie Spaß machen. Hör also auf, Dich zu quälen, nur um irgendwo dazuzugehören.

Dem modernen Menschen reicht ein Fitnessstudio, der Kluge geht einfach raus.

Bin ich fit genug für mein Alter?

Wenn Du mir diese Frage stellst und tatsächlich noch jünger als 40 Jahre bist, dann muss ich sie ohne jede Einschränkung verneinen. Denn eine positive Antwort wäre eigentlich selbstverständlich.

Geistige Größe kann alle körperlichen Unzulänglichkeiten verdecken. Es liegt nur an Dir, was Du aus Deinem Geist und Deinem Körper machst.

Ob Du nun läufst oder nur gehst – der Weg, den Du vor Dir hast, ist derselbe. Nimm ihn mit Achtung und mit Würde, dann ist Deine Antwort schon gegeben.

Ungeachtet aller Tabellen, medizinischen Werte und zeitgeistigen Momentaufnahmen ist es von entscheidender Bedeutung, ob Du mit Dir selbst zufrieden bist. Und dann wirst Du immer jünger sein, als Dein Alter glauben machen will.

Zu welchen Erkenntnissen werde ich gelangen?

Wer nicht auf die kleinen Dinge schaut, wird an den großen in aller Regel scheitern. Tust Du das?

Im Glanze des Reichtums erscheint selbst
der größte Dummkopf wie ein kluger Mensch.
Nur ist er es nicht!

Den Weg zum Glück gibt es nicht.
Der Weg selbst ist das größte Glück,
das ein Mensch erreichen kann.
Fang an ...

Du hast es nicht gut gemacht. Deshalb solltest Du noch heute einen neuen, besseren Weg einschlagen.

Gibt es Hoffnung, dass alles anders kommt?

Wenn Du darauf ernsthaft hoffst, muss Dein Leben bisher eine große Enttäuschung gewesen sein. Ist es tatsächlich so schlimm?

Genieße Dein Leben so, wie es jetzt gerade ist, denn es kann an jedem Tag schon sehr spät sein. Und dann musst Du auch nicht auf neue Wendungen hoffen.

Nein. Alles ist vorbestimmt. Und zwar von Dir. Deshalb solltest Du auch nicht hoffen, sondern handeln. Nur dann wird Dein Leben ein gutes werden.

Änderungen sind nicht immer Besserungen. Ziehe eine Bilanz und dann überlege Dir, ob das Neue Dein Leben besser oder schlechter machen würde.

Welche Energie brauche ich heute besonders?

Die Kraft Deines Geistes.

Die Wachsamkeit Deines Verstandes.

Die Güte Deines Herzens.

Die Stärke Deines Körpers.

Wie kann ich meinen Freundeskreis besser pflegen?

Man muss auch loslassen können. Denn nur dann hat man wieder beide Hände frei. Entscheide selbst, welche Freundschaften Du pflegen und welche Du beenden möchtest.

Kümmern sich Deine Freunde mehr um Dich, als Du Dich um sie kümmerst? Dann musst Du tatsächlich handeln. Wenn nicht, dann überlege Dir, ob die eine oder andere Freundschaft vielleicht zu einseitig geraten ist.

Du musst zunächst mit Dir ins Reine kommen, dann erst hast Du die Kraft, Dich um Deine Freunde zu kümmern.

Wahre Freundschaft erkennst Du im Unglück. Prüfe selbst, auf wen Du Dich in der Vergangenheit verlassen konntest. Ihnen sollte fortan Deine ganze Aufmerksamkeit gelten.

Soll ich mir fürs neue Jahr gute Vorsätze machen?

Hast Du jemals gute Vorsätze halten können? Dann erspare Dir die Enttäuschung für das kommende Jahr und lebe einfach so weiter.

Für gute Vorsätze braucht es keinen Jahreswechsel. Höre in Dich hinein und finde heraus, mit welchen Eigenschaften Du nicht mehr zufrieden bist. Und die solltest Du ändern. Schon heute.

Ja. Und zwar nur einen. Den schwierigsten überhaupt. Und den wirst Du auch umsetzen können, wenn Du es nur willst.

Nein. Gute Vorsätze zum neuen Jahr sind albern und eine einfache Entschuldigung für Deinen Stillstand während des restlichen Jahres. Du solltest Dir an jedem einzelnen Tag etwas Wichtiges vornehmen.

Warum haben mich meine Mitmenschen lieb?

Sage Deinen Freunden und Deiner Familie, was Du für sie empfindest, und auch Du wirst Antworten auf diese Frage erhalten.

Haben sie Dich auch wirklich lieb oder behaupten sie es vielleicht nur? Darüber solltest Du in Ruhe einmal nachdenken.

Weil nicht Du die wichtigste Person in Deinem Leben bist, sondern die anderen. Dies ist eine Besonderheit, die man meistens auch wieder zurückbekommt.

Weil auch Du die Fähigkeit besitzt, zu lieben. Liebe ist nur wahrhaftig, wenn sie auf Gegenseitigkeit beruht.

Was war ich in einem früheren Leben?

Was bist Du denn in Deinem jetzigen Leben? Dies ist die vordringlichste Frage, die Du Dir stellen musst. Denn nur das Hier und das Jetzt zählen.

Angenommen, Du warst ein römischer Feldherr oder ein kleiner Bauer im Mittelalter – welche Erkenntnis würdest Du aus diesem Wissen ziehen können?

Du solltest nicht der Vergangenheit hinterherlaufen. Und auch nicht über die Ungewissheiten, die die Zukunft bringen könnte, verzweifeln. Konzentriere Dich auf das, was im Moment ist, und sehe zu, dass Du es auch meistern kannst.

Du warst nichts und Du wirst auch nach dem Tod nichts sein. Und wenn doch, wirst Du es früh genug herausfinden können. Aber bedenke: Es war nicht Dein eigener Wille, dass Du jetzt bist, und es wird auch nie in Deiner Hand liegen, was Du nach deinem Tod einmal sein könntest.

Wie komme ich meinem Lebensideal näher?

Wo ein Wille, da ein Weg. Wo ein Ziel, da ein Gehen. Scheue Dich nicht und mache Dich auf den Weg.

Wenn Du einen Freund hast, geh ihn oft besuchen, denn Dornen und Gestrüpp verwachsen den Weg, der nicht begangen wird. Und gute Freunde braucht der Mensch nun einmal.

Du kommst Deinem Lebensideal näher, indem Du Dir zunächst einmal klarmachst, wie dieses Ideal aussehen könnte. Im zweiten Schritt versuche, es zu verwirklichen.

Schaue auf Dich selbst, nicht auf die Sonne, wenn Dein Garten nicht blüht. Alles, was Du erreichen möchtest, liegt letztlich in Deiner Hand. Und schuld an deinem Scheitern sind selten die anderen.

Was kann ich tun, um glücklicher zu sein?

Du solltest herausfinden, warum Du nicht glücklich bist. In Deinem Unglück wirst Du die Antworten auf Deine Frage finden. Beseitige es und Du wirst schon bald ein glücklicherer Mensch sein.

Die eigenen Probleme kann man häufig nur gemeinsam mit den Menschen lösen, die einem nahestehen. Suche deren Rat, nimm ihre Hilfe an und Dein Leben wird schon sehr bald ein glücklicheres sein.

Echtes Glück ist sehr oft etwas Tiefgründiges und Intensives. Du wirst Dein Glück nicht mit oberflächlichen oder zeitgemäßen Ablenkungsmanövern finden. Suche es in der Tiefe, nicht in Gestalt schnelllebiger Freizeitbeschäftigungen.

Du bist ein glücklicher Mensch. Das sollte genügen. Zu viel Glück kann in Dummheit und Abgestumpftheit münden.

Werde ich wie meine Eltern?

Was man seinen Eltern wirklich schuldig ist, erkennt man erst, wenn man selbst Kinder bekommt. Diese Gedanken sollen Dich beschäftigen, bevor Du Dir die Frage stellst, wie Du einmal werden könntest.

Wäre das denn so schlimm? Wenn ja, dann mach Dir die Fehler Deiner Eltern bewusst und versuche diese selbst zu verhindern.

Wir sind, als was wir geboren wurden. Vieles, was Deine Persönlichkeit ausmacht, hast Du von Deinen Eltern mitbekommen. Du wirst also nicht wie Deine Eltern werden – Du bist es in Teilen schon längst.

Du wirst in Ansätzen wie Deine Eltern werden, aber auch wie Deine Freunde, Dein Umfeld und Deine Gesellschaft. Aber vor allem wirst Du das werden, was Du selbst aus Dir machst. Und nun liegt es an Dir herauszufinden, ob Dir das genügt.

Werde ich eine Erbschaft machen?

Du hast hoffentlich schon die Lebenserfahrung Deiner Vorfahren geerbt und das ist mehr, als man mit Geld bezahlen könnte.

Bist Du darauf angewiesen? Wenn dem so ist, solltest Du ernsthaft über Deinen bisherigen Lebensweg nachdenken, denn im Grunde sollte es auch ohne die Hilfe Verstorbener gehen.

Die Frage nach einer Erbschaft impliziert das Warten auf den Tod eines Familienmitgliedes oder eines Freundes, der Dich womöglich bedacht hat. Ist es wirklich das, worauf Du wartest?

Du solltest Dich vielmehr fragen, ob Du in der Lage wärst, einem anderen Menschen etwas zu vererben. Dann wärst Du nämlich in der glücklichen Lage, es selbst zu etwas gebracht zu haben. Und es bliebe Dir erspart, den Tod eines Menschen betrauern zu müssen.

Bin ich zu dick?

Am Baum der guten Vorsätze gibt es viele Blüten, heißt es, aber nur wenig Früchte. Nimm also den Druck von Dir und bleib so, wie Du bist.

Zu dick bist Du nur, wenn Du selbst davon überzeugt bist, dass dies so ist. Was andere Menschen über Dich sagen, sollte Dich nicht interessieren.

Im Vergleich zu den Kunstfiguren, die uns die Werbeindustrie verkaufen möchte, bist Du sicherlich zu dick. Für einen normalen Menschen aber ist alles in bester Ordnung.

Ja, Du bist absolut zu dick. Und die Tatsache, dass Du mir diese Frage stellst, beweist, dass Du die Antwort schon selbst gekannt hast. Es liegt nun alleine an Dir, etwas daran zu ändern.

Klappt diesmal meine Diät?

Fürchte Dich nicht vor langsamen Veränderungen, sagen die Japaner. Fürchte Dich vor dem Stillstand – Du brauchst nur etwas mehr Geduld und Ausdauer, dann wirst Du Dein Ziel auch erreichen.

Eine Diät alleine wird Dir nicht helfen. Du musst nachhaltig Deine Lebensgewohnheiten ändern und schon wird es mit Deinem Wunschgewicht früher oder später klappen.

Wie funktionieren all die anderen Dinge, die Du Dir vornimmst? Vielleicht musst Du zunächst an Deinem Willen arbeiten, bevor Du Dich um die Figur sorgst.

Vielleicht wirst Du sie erfolgreich zu Ende bringen, vielleicht aber auch nicht. Eines aber ist sicher: Glücklicher wirst Du auch mit 10 Kilo weniger kaum werden. Denn die Ursachen Deiner Unzufriedenheit dürften andere Gründe haben.

Steht mir die neue Frisur?

Schaue Dich einmal um und prüfe, ob Deine Mitmenschen anders als sonst auf Dich reagieren.

Wenn Dir Deine neue Frisur selbst gut gefällt, was interessiert es Dich dann, wie andere Menschen darüber denken?

Du scheinst unsicher zu sein. Bist Du generell ein unsicherer Mensch und interessiert Dich dafür, was andere über Dich denken? Dann solltest Du rasch umkehren und Dir klarmachen: Diese Frisur steht mir. Und alles andere auch!

Modetrends sind etwas für Modeleute. Oder trägst Du auch dieselbe Konfektionsgröße wie ein Topmodel?

Findet mich mein Partner zu dick?

Fragst Du Dich auch, ob er Dich zu dumm, zu alt, zu hässlich und zu erfolglos findet? Nein? Dann sollte Dir das mit der Figur ebenso egal sein.

Sollte Dein Partner dies tatsächlich ansprechen, weise ihn dezent auf seine eigenen Unzulänglichkeiten hin.

Wenn er Dich tatsächlich zu dick findet und Dich nicht so akzeptiert, wie Du bist, ist er nicht Dein Partner.

Frage einfach Deinen Partner, wenn Dir seine Meinung wichtig ist. Reagiert er ausweichend, dann weißt Du, was er wirklich denkt.

Gibt es wirklich kein Mittel gegen Cellulitis?

Diese Frage beschäftigt schon Generationen von Frauen. Antworten gibt es kaum. Also eher nein.

Selbst Stars und Sternchen plagt dieses Problem. Haben diese eine Lösung? Nein!

Die kleinen Dellen gehören zum menschlichen Körper dazu. Sogar kleine Babys haben diese und kümmern sich nicht darum.

Eincremen hat noch keinem geschadet, aber ob das gegen Cellulitis hilft, sei dahingestellt. Wer sich aber selber schön findet und mit diesem kleinen Makel leben kann, wird von anderen Mitmenschen mehr beachtet und bewundert als andere. Ansonsten einfach mal kalt duschen.

Soll ich sie ansprechen?

Lass Dich von ihr ansprechen. Wenn es so sein soll, wird auch sie den ersten Schritt tun.

Es gibt drei Schlüssel zum Herzen der Menschen: Liebe, Güte, Geduld. Übe Dich nicht zu lange in Deiner eigenen Geduld.

Du bist so lange ein Niemand, bis Dich jemand zu lieben beginnt. Spring über Deinen eigenen Schatten und habe Mut.

Wer auf Liebespfaden wandelt, für den sind zwei Kilometer nicht länger als einer. Mach Dich einfach auf den Weg.

War der Ex meiner Partnerin besser im Bett als ich?

In welchen Disziplinen willst Du Dich sonst noch mit ihm messen? Autofahren? Elfmeterschießen? Gewichtheben oder Wetttrinken? Diese Frage stellen sich nur Pubertierende.

Diese Frage sollte Dir gleichgültig sein. Und sollte Deine Frau die Sache einmal ansprechen, dann sollte sie schnell zu Deiner Ex-Partnerin werden.

War Deine Ex besser im Bett als Deine jetzige Partnerin? Du hast Dich das noch nie gefragt? Gut so, dann vergiss auch die andere Frage.

Sollte sich diese Frage tatsächlich einmal bei Euch stellen, dann bedenke, dass zum Sex immer zwei gehören ...

Bin ich wirklich der Vater?

Der biologische Vater kann deutlich schlechter sein als der gefühlte Vater. Achte einfach darauf, dass Du ein guter Vater bist.

Hegst Du so wenig Vertrauen in Deine Partnerin? Dann hast Du weit größere Probleme als die einer Vaterschaft.

Was würdest Du denn mit diesem Wissen anfangen wollen? Dein Kind verstoßen? Deine Partnerin? Vielleicht bleibst Du besser unwissend.

Wissen ist Macht. Oder Ohnmacht. Höre auf Dein Herz und genieße Deine Vaterrolle. Alles andere ist nebensächlich.

Bekomme ich eine Glatze?

Schau Dir das Haupthaar Deiner Verwandtschaft genauer an. Ein Album hilft Dir hier mehr als ein Orakel.

Glatzen können äußerst sexy sein. Was wäre also so schlimm daran?

Eine Glatze schmerzt nicht und führt auch nicht zum Tode. Wovor hast Du also Angst?

Wenn Du schon über 40 Jahre alt bist und noch Dein volles Haar hast, dann erübrigt sich diese Frage wohl.

Wie sieht meine zukünftige Partnerin aus?

Mit viel Geld auf Deinem Konto wird sie sehr schön aussehen. Aber willst Du tatsächlich diesen Weg beschreiten?

Für Dich wird es immer die schönste Frau sein, wenn Du sie tatsächlich liebst.

Sie wird so aussehen, wie Du sie Dir ausgesucht hast. Oder sie Dich. Ob sie Dir wirklich gefällt, musst Du selbst entscheiden.

Die Schönheit liegt im Auge des Betrachters. Die innere Schönheit siehst nur Du.

Ist er lang genug?

In Tibet sagt man: Betrachte denjenigen, der Deine Fehler aufdeckt, als jemanden, der Dir etwas von einem verborgenen Schatz zeigt.

In Persien heißt es: Jede dunkle Nacht hat ein helles Ende. Entdecke Deine anderen Qualitäten.

In China sagt man: Den Edelstein kann man nicht blank machen, ohne ihn zu reiben ...

Und in Deutschland heißt es: An der Nase eines Mannes erkennt man seinen Johannes ...

Wie vertusche ich einen Seitensprung?

Man stolpert nicht über Berge, sondern über Maulwurfshügel. Gib acht, wo und wie Du Deinen nächsten Schritt setzt.

Was Du nicht willst, was man Dir tut, das füge auch keinem anderen zu. Alles kommt zu Dir zurück, sei also auf der Hut.

Wie verhindere ich einen Seitensprung? Diese Frage solltest Du Dir stellen, obwohl sie die schwierigere ist.

Indem Du ihn nicht vertuschst. Denn alle Versuche, etwas zu vertuschen, sind auffällig und verräterisch.

Habe ich Kinder, von denen ich nichts weiß?

Wenn Du bisher noch kein Wickelkind
vor Deiner Haustür gefunden hast,
dann ist die Wahrscheinlichkeit eher gering.

Besteht überhaupt die Möglichkeit,
dass es Kinder gibt, von denen Du keine Ahnung hast?
Wenn ja, weißt Du, wen Du anzurufen hast.

Wäre das denn so schlimm? Schau Dir
die Kinder Deiner Ex-Partnerinnen genau an.
Sieht Dir ein Kind besonders ähnlich?

Wenn es Dir so wichtig ist, frage einfach
Deine Ex-Partnerinnen. Nur diese
können Dir genaue Auskunft darüber geben.

Was sind die besten Ausreden?

Ein ehrliches Leben braucht keine Ausreden. Erkundige Dich doch einmal nach dem Schlüssel hierfür!

Eine Ausrede ist lediglich der Anfang für weitere Ausreden. Willst Du diese Spirale wirklich gehen?

Ausreden sind ein Zeichen für Feigheit und Schwäche. Und Du willst doch bestimmt ein starker Mensch sein.

Willst Du selbst auch mit Ausreden vertröstet werden? Wohl eher nicht – also lass es besser sein.

Was kann ich tun, um meine Gesundheit zu verbessern?

Nach dem Essen 300 Schritt und Du brauchst keine Apotheke, sagen die Chinesen. Ein wenig Bewegung hat noch keinem geschadet.

Geistige Größe kann alle körperlichen Gebrechen verschwinden lassen. Aber verlasse Dich nicht nur auf Deinen Geist.

Fürchte nicht, dass Dein Körper, sondern dass Deine Seele altert. Achte also nicht nur auf Deine Hülle, sondern auch auf Deinen Geist.

An apple a day keeps the doctor away, sagt der Brite. Halte Dich also an Äpfel, viel leckerer kann Medizin nicht schmecken.

Stehen meine Freunde hinter mir?

Es ist ein wundersames Band, das Euch verbindet. Achte und schätze dieses und Dir kann nichts passieren.

Kein Weg ist zu lang mit einem guten Freund an Deiner Seite. Genieße diesen Weg, den Ihr zusammen geht.

Die zuverlässigsten Freunde sind die Feinde Deiner Feinde. Aus diesen kann auch eine wahre Freundschaft hervorgehen.

Wer Dich ins Gesicht beschimpft, kann doch ein ehrbarer Mann und Dein Freund sein. Wahre Freunde geben Dir die ehrliche Kritik, die Du willst.

Warum mögen mich andere Menschen?

Jede Minute, die man lacht, verlängert das Leben um eine weitere Stunde. Ein Lächeln auf andere Gesichter zu zaubern ist eine fantastische Gabe.

Eine Freude vertreibt fast alle Sorgen. Dies zu tun ist die ehrenvollste Aufgabe, die Du für andere Menschen übernehmen kannst.

Ist das Herz in Ruhe, so ist es selbst in einer kleinen Hütte gemütlich. Diesen Raum für Freunde zu schaffen, ist eine wahre Kunst.

Ein Augenblick Gelassenheit kann viel Unglück verhüten. Das Unglück zu verdrängen und Freude in das Herz zu lassen, ist die Aufgabe der wahren Könner.

Was denken meine Freunde über mich?

Nur Unterschiede machen die Freundschaft wirklich reich. Darum schätzen Dich Deine Freunde auch so.

Ein Wort, das von Herzen kommt, hält einen drei Winter warm. Freunde, die gewärmt werden, geben dies auch wieder zurück.

Sie werden im besten Fall nicht schlechter über Dich denken als Du über sie. Wenn Du in dieser Hinsicht mit Dir im Reinen bist, weißt Du, was Deine Freunde von Dir halten.

Es ist schwer, einen Freund in nur einem Jahr zu gewinnen; es ist viel leichter, ihn in einer Stunde zu verlieren. Du solltest demnach zu jeder Zeit einen guten und ehrlichen Umgang pflegen.

Wie kann ich das Verhältnis zu meinen Verwandten verbessern?

Wahre Worte sind nicht schön. Und schöne Worte sind meist nicht wahr. Versuche dennoch wahre und schöne Worte zu finden.

Chancen vervielfältigen sich, aber nur, wenn man sie ergreift. Nutze jede einzelne und Du wirst schöne Erlebnisse mit Deinen Lieben erleben.

Wer ins Feuer bläst, dem fliegen leicht die Funken in die Augen. Halte Dich manchmal einfach ein wenig zurück.

Seine Freunde kann man sich aussuchen, seine Familie zumeist nicht. Sei Dir stets im Klaren, dass die Verwandten oft nicht mehr als eine Zweckgemeinschaft sind.

Werde ich ein Superstar?

Ein Superstar wird man nicht, weil man es will,
sondern weil andere es wollen.
Du musst also die Masse begeistern –
nicht mehr und schon gar nicht weniger.

Wer etwas Besonderes zu leisten
versucht, nur um ein Star zu werden,
wird es nicht schaffen. Denn es fehlt ihm an Talent,
Begeisterung und Hingabe.

Du solltest zusehen, dass Du ein Superstar der
Zuneigung, Freundschaft und Hilfsbereitschaft wirst.
Dann ist nicht nur Dir geholfen.

Schau Dir die Superstars genauer an.
Hast Du – abgesehen von ein paar talentfreien Glücks-
pilzen – eine besondere Fähigkeit, die sonst keiner hat?

Soll ich auswandern?

Wenn Du die Lust auf eine Veränderung hast, ja. Wenn Du Dir davon ein völlig anderes, besseres Leben versprichst, dann eher nicht. Denn dieser Zwang wird Dich immer quälen.

Du solltest nicht vor Deinen Problemen weglaufen. Denn die werden Dich auch auf ferne Kontinente begleiten.

Wenn sich für Dich dabei neue Chancen auftun, dann solltest Du diesen Schritt tun. Aber ohne Deinen Einsatz und Deine Fähigkeiten wird es auch im Ausland nicht einfach.

Die exotischen Sehnsüchte, die Dich magisch anziehen, werden irgendwann zum Alltag. Und dann musst Du sehen, was Dir dort sonst noch bleibt.

Wie alt werde ich?

Diese Frage bewegt die Menschheit seit Generationen. Und es ist gut, dass wir das nicht wissen. Denn mit einem Sterbedatum im Hinterkopf könnten wir keinen einzigen Tag mehr genießen.

Der medizinische Fortschritt lässt uns immer älter werden, aber das heißt nicht, dass alle Menschen besonders alt werden können. Auch Du wirst Dich am Ende überraschen lassen müssen.

Was würdest Du denn für eine angemessene Lebensdauer ansehen? 70 Jahre, 80, 90 oder gar 100? Ist die Zahl an sich erstrebenswert oder sollte man sich nicht vielmehr wünschen, mit Würde und ohne größeres Leid wieder zu gehen?

Es kommt nicht auf die Lebensdauer an, sondern auf die Qualität. Ein langes Leben bedeutet nicht unbedingt ein erfülltes, glückliches Leben.

Wie oft wird Deutschland noch Fußballweltmeister?

Allzu viele Sterne passen doch gar nicht mehr auf das Trikot, oder? Und willst Du Dir mit jedem neuen Stern die völlig überteuerten Fanprodukte nachkaufen? Nein, also freue Dich über die drei, die Deutschland bereits hat.

Wenn Deutschland künftig jede Weltmeisterschaft gewinnen würde, bräuchte man das Turnier nicht mehr austragen. Denn langweilige Sportveranstaltungen gibt es schon genug.

In diesem Jahrhundert wird noch ein Titel dazukommen. Der im Jahr 2022. Danach wird es leider keinen weiteren Erfolg mehr geben. Halte Dir die WM in zwölf Jahren also frei.

Es ist nicht die Frage, wie oft Deutschland noch Weltmeister werden kann, sondern wie das Team künftig spielt. Oder könntest Du Dich über einen Titel freuen, wie ihn Italien 2006 erlangt hat?

Gibt es ein Leben nach dem Tod?

Es schadet nicht, daran zu glauben und ein Leben zu führen, was nach religiösen Maßstäben paradiesisch sein könnte. Menschen, die sich danach richten, machen die Welt nicht schlechter.
Gehörst Du vielleicht auch zu dieser Gruppe?

Es gibt ein Leben vor dem Tod. Und nur darauf solltest Du all Deine Gedanken und Deine Kraft verwenden.

Es lebt sich wohl besser mit dem Gedanken, dass nach dem Tod nicht alles zu Ende ist. Ob das nun die Hölle oder das Paradies ist, werde ich Dir nicht sagen. Denn dann wäre der ganze Zauber mit einem Schlag vorbei.

Nein, zumindest hat noch nie ein Mensch verlässlich davon berichten können. Ich für meinen Teil werde eines Tages in die ewigen Weltmeergründe eingehen. Und das ist gar keine schlimme Vorstellung.

Sind meine Freunde wahre Freunde?

Wahre Freunde erkennst Du erst, wenn Du sie brauchst. Ist das bisher noch nicht geschehen, kannst Du Dich einerseits glücklich schätzen, dass das Leben es gut mit Dir gemeint hat. Auf der anderen Seite wirst Du bis dahin leider keine Gewissheit haben.

Bist Du ein wahrer Freund? Hast Du schon einmal jemandem beigestanden, wenn er Dich gebraucht hat? Dieser Mensch wird Dir für immer ein wahrer Freund bleiben.

Unter wahren Freunden solltest Du nicht die 327 Facebook-Kontakte verstehen, die Du wahllos gesammelt hast. Deine wahren Freunde sind nicht virtuell, sie sind echt und lebendig und möglicherweise in diesem Moment an Deiner Seite.

Gut, dass Du Dir diese Frage stellst. Es ist nämlich ein Trugschluss zu glauben, alle Freunde seien wahre Freunde. Schau genau hin. Wer hört Dir zu? Wer nimmt Dich ernst? Und wer behandelt Dich fair und respektvoll? Diese Freunde solltest Du nie verlieren.

Was wird der wichtigste Wendepunkt in meinem Leben sein?

Diese Erkenntnis wirst Du erst bekommen, wenn ein solcher Wendepunkt hinter Dir liegt. Oft genug sind es Dinge, die man im Vorfeld als klein, unwichtig und bedeutungslos betrachtet hat.

Die klassischen Wendepunkte in Deinem Leben sind zumeist vorgegeben: Schule, Ausbildung, Beruf, Heirat, Kinder, Todesfälle. Die bedeutungsvolleren Wendepunkte aber sind die, die Du Dir außerhalb dieser Konventionen selbst geschaffen hast. Oder fehlen solche Momente bislang in Deinem Leben?

Der wichtigste Wendepunkt in Deinem Leben wird sein, wenn Du erkennst, dass es einer ist, und diesen auch annimmst.

Jeder Tag ist ein Wendepunkt in Deinem Leben. Es sei denn, Du entwickelst Dich nicht ständig weiter. Diese Frage allerdings kann ich Dir nicht beantworten. Und Du solltest bei dieser Frage sehr ehrlich mit Dir selbst umgehen.

Werde ich der Welt eines Tages positiv in Erinnerung bleiben?

Du solltest zusehen, dass Du Deiner Umwelt, also Deinen Freunden und Deiner Familie, gut in Erinnerung bleibst. Damit wäre Dir und der Welt am meisten geholfen.

Komponierst Du große Werke? Schreibst Du bedeutende Romane? Oder arbeitest Du an bahnbrechenden Forschungsprojekten? Dann stehen die Chancen ganz gut. Ansonsten würde ich mich mit dieser Frage an Deiner Stelle nicht weiter beschäftigen.

Nimm Dir ein Beispiel an all jenen Menschen, die es geschafft haben, mit kleinen Gesten und Taten etwas Großes geschaffen zu haben. Das kann ein guter Nachbar, ein mildtätiger Freund oder ein guter Vater sein.

Wenn Du Deine Ziele mit dem Vorsatz angehst, dass Dir eines Tages ein Denkmal gesetzt wird, wirst Du sie vermutlich nicht erreichen. Denn dieses Ziel ist definitiv das falsche.

Werde ich mir immer treu bleiben können?

Du entwickelst Dich stetig weiter und dementsprechend verschieben sich auch Deine Ideale. Frag Dich also, welchem Ich Du überhaupt treu bleiben möchtest.

Wenn Du Dich nicht verstellst, nicht verbiegen lässt, ohne starrköpfig zu sein, und wenn Du es dabei schaffst, Dich selbst zu respektieren, dann bist Du Dir selbst nicht nur treu, sondern auch Deinem Umfeld.

Bist Du stark genug, unmoralischen Angeboten zu widerstehen? Dann gehörst Du zu den wenigen Menschen, die sich selbst treu bleiben und denen andere trauen können.

Es stellt sich die Frage, ob Du es Dir leisten kannst, Deine Ideale zu verfolgen und nicht von Deinem eigenen Weg abzukommen. Denn die Welt um Dich herum wird es Dir nicht leicht machen mit Deiner Geradlinigkeit.

Könnte ich einmal mit dem Gesetz in Konflikt geraten?

Du parkst nie falsch? Fährst nie zu schnell und zahlst alle Deine Steuern? Jeder Mensch kommt im Laufe seines Lebens mit dem Gesetz in Konflikt. Nicht nur die sogenannten Schwerverbrecher.

Welche Gesetze meinst Du? Die Deines Heimatlandes? Die Deiner Gesellschaft oder gar Deine eigenen? Ein tadelloses Leben wird kaum ein Mensch führen können – Du solltest nur darauf achten, dass Deine Verfehlungen nicht zulasten anderer gehen.

Kein Mensch ist vollkommen. Jeder macht Fehler – entscheidend ist hierbei nur, ob man sie auch einsehen kann. Denn mit jeder Einsicht kommt eine Besserung.

Wurdest Du bislang erwischt? Nein? Dann könntest Du so weitermachen? Oder gibt es außer den Gesetzen vielleicht auch ein paar moralische Grenzen?

Wie kann ich meinen inneren Schweinehund überlisten?

Indem Du ihn als solchen erkennst und für schlecht erachtest.

Du willst doch nicht behaupten, dass Du schwächer bist als Deine Gewohnheiten? Oder doch? Dann wird es höchste Zeit, dass Du etwas dagegen unternimmst.

Der innere Schweinehund ist faul, bequem und unflexibel. Du jedoch glaubst, dass diese Eigenschaften nicht auf Dich zutreffen. Irgendwie geht das aber nicht zusammen. Wen willst Du nun ändern? Dich oder den Schweinehund?

Warum glaubst du, dass Du ihn überlisten musst? Ist denn alles wirklich so schlecht, was er Dir ständig ins Ohr flüstert? Da wäre ich mir an Deiner Stelle gar nicht so sicher. Vielleicht bewahrt er Dich auch vor so manchem Übel?

Schaffe ich es, meine Ziele zu verwirklichen?

Wenn Deine Ziele näher an der Realität sind als an fabelhaften Träumen, könntest Du tatsächlich schaffen, was Du Dir vorgenommen hast.

Wenn Du Deine Ziele nicht in einem, sondern in vielen kleinen Schritten erreichen willst, ist die Wahrscheinlichkeit groß, dass Du erfolgreich wirst. Aber gibst Du Dich denn mit kleineren Erfolgen zufrieden?

Wenn Deine Ziele zu hoch gesteckt sind, ist die Enttäuschung am Ende umso größer. Sei also etwas bescheidener.

Sind Deine Lebensziele mit beruflichen oder finanziellen Erfolgen verknüpft? Dann solltest Du Dir schnell auch ein paar persönliche setzen. Diese sind zwar schwerer zu erreichen, bereichern aber umso mehr Dein Leben.

Werde ich mir meine Freiheiten bewahren können?

Du solltest Dir zunächst überlegen, wie frei oder auch unfrei Du derzeit bist. Wenn Du es bis heute geschafft hast, ein freier Mensch zu sein, wirst Du Dir auch in Zukunft dieses Privileg bewahren können.

Von was willst Du denn frei sein? Von Deiner Partnerschaft? Von Deinem Job? Von den gesellschaftlichen Konventionen? Was engt Dich ein? Die Antworten, die Du auf diese Fragen bekommst, ziehen schmerzhafte, aber gesunde Konsequenzen nach sich.

Freiheit kann auch Langeweile nach sich ziehen. Ohne Pflichten und ohne Aufgaben wirst Du schnell zu einem unglücklichen Menschen. Genieße die Freiheiten, die die Pflichten nach sich ziehen.

Du wirst Dir Deine Freiheiten mit gutem Gewissen bewahren können, wenn andere Menschen dadurch nicht unfrei werden müssen. Alles, was Du tust, sollte nicht zulasten anderer gehen.

Hat mein Leben einen Sinn?

Es steht Dir frei, jederzeit damit zu beginnen, Deinem Leben etwas mehr Sinnhaftigkeit zu geben. Vielleicht fängst Du schon heute in Deiner Familie damit an.

Die größte Freude entsteht bisweilen im Unsinn. Oder waren die Filme oder die Bücher, über die Du gelacht hast, immer sinnvoll? Muss denn alles einen logischen und gleichzeitig langweiligen Sinn ergeben? Geh raus und mach etwas total Unvernünftiges!

Es ist nie zu spät, seinem Leben eine neue Wendung zu geben. Bist Du an dem Punkt angelangt, an dem Dir klar wird, dass Dir etwas fehlt, dann zögere nicht, schnell zu handeln. Jeder Versuch, sein Leben zu verbessern, ist sinnvoll. Ob er zum Erfolg führt oder auch nicht.

Der Weise sucht, was in ihm selbst ist, heißt es. Der Dumme nur, was sich außerhalb befindet. Mit Äußerlichkeiten wirst Du es nicht schaffen, ein sinnvolles Leben zu führen. Schenke Dir den Luxus eines denkenden Geistes und lass die teuren Sportwagen andere fahren.

Wird die Welt bald untergehen?

Weniger begabte Kollegen meines Faches haben schon unzählige Weltuntergänge prophezeit. Und dennoch sitzen wir hier zusammen und machen uns tiefgründige Gedanken. Die Welt wird eines Tages vielleicht tatsächlich aufhören zu existieren. Aber was wird in ein paar Millionen Jahre sonst noch so alles passieren?

Die Welt als Ganzes wird natürlich nicht untergehen, da mögen Wissenschaftler und Wahrsager behaupten, was sie wollen. Entscheidend für Dich ist doch letztlich, wie es um Deine eigene kleine Welt bestellt ist.

Die Welt ist doch im Grunde schon längst untergegangen. Oder hältst Du das, was wir Tag für Tag berichtet bekommen oder auch selbst erleben müssen, tatsächlich noch für eine heile Welt? Und was trägst Du persönlich zu diesem Zustand bei? Darüber mache Dir Gedanken. Und dann sehe zu, was Du ändern könntest.

Was würdest Du tun, wenn Du es wüsstest? Eine Arche bauen? Dieses Wissen würde Dich nur verstören. Lass solche Gedanken besser ruhen – sie machen Dich nur unglücklich.

SASSENBACH.DE